大偵探
福爾摩斯

瀕死的大偵探

SHERLOCK HOLMES

❧ 序 ❧

　　本集故事雖然來自柯南・道爾的原著，但改動的地方非常多，以百分比來計的話，原著的情節只佔兩三成左右，其餘七八成都是我重新創作的。

　　動這麼大的手術，主要是因為原著的故事比較簡單，如果太忠於原著，兇手很快就會現形，追看性必會大減，我自己也會失去改編的樂趣。

　　今集改動最大的地方，是死者由一個人增至四個人，嫌疑犯則由一個人變成三個人，而兇手殺人的動機也複雜了（原著只是謀財）。這些改動對豐富情節很有幫助。

　　其實，我在第17集也為原著動過大手術，加插了法國大盜羅蘋的情節，讀者反應非常熱烈，連續兩個月打入暢銷榜。今次是再接再厲，希望大家喜歡吧！

厲河

　　每次創作新人物時，腦海中都會出現很多不同的形象，我更會一一把他們畫下來，雖然大部分都用不着，但最後用得着的卻會在當中慢慢現形！大家看看，認得出這些雛形是哪些人物嗎？

余遠鍠

大偵探
福爾摩斯
──瀕死的大偵探──

登場人物介紹

福爾摩斯
居於倫敦貝格街221號B。精於觀察分析，知識豐富，曾習拳術，又懂得拉小提琴，是倫敦最著名的私家偵探。

華生
曾是軍醫，為人善良又樂於助人，是福爾摩斯查案的最佳拍檔。

愛麗絲
房東太太親戚的女兒，為人牙尖嘴利，連福爾摩斯也怕她三分。

李大猩 & 狐格森
蘇格蘭場的孖寶警探，愛出風頭，但查案手法笨拙，常要福爾摩斯出手相助。

卡弗頓・史密斯
大不列顛醫學院院長，傳染病專家。

米高・斯圖特
大不列顛醫學院教授，傳染病專家。

河馬巡警
膽小怕事的小巡警。

李察・布盧姆
大不列顛醫學院教授，傳染病專家。

黑色的死屍

　　李大猩和狐格森在胖墩墩的河馬巡警帶領

下，匆匆忙忙地穿過一條又**陰暗**又**潮濕**的小

巷，來到一間簡陋的木屋前面。

　　「就是這間木屋了。」河馬巡警戰戰兢兢地說。

　　「發現屍體的人呢？」李大猩問。

　　河馬巡警「**咕嘟**」一聲咽了一口口水，才

吞吞吐吐地說：「他們……應該都走了吧……」

狐格森眉頭一皺，不滿地說：「怎麼讓他們走了，你應該知道我們要 問話 呀。」

「是的……」河馬巡警點點頭，「不過，他們害怕——」

「算了、算了。」李大猩不耐煩地擺擺手，「開門讓我進去 驗屍 吧。」

河馬巡警聞言嚇了一跳，他不上前開門，反而慌忙退後一步，指着木門說：「門……沒鎖……」

李大猩以為他怕死屍，於是罵道：「膽小鬼！你怎樣當警察的，連死屍也沒見過嗎？」

「不——」

「還想反駁嗎？」李大猩

惡狠狠地指着巡警的鼻子又罵。

「不，其實——」

「其實什麼？還想辯駁嗎？」李大猩往巡警瞪了一眼，然後「砰」的一聲，一手推開了大門。

就在那一瞬間，一股夾雜着餿水氣味似的潮濕空氣撲鼻而來，李大猩被殺了一個措手不及，慌忙捏着鼻子對狐格森說：「哇！一股酸臭味，難怪那膽小鬼不肯進屋了。」

「唔……但不像屍臭，只是潮濕的空氣夾雜着**汗臭**罷了，看來這間屋的屋主從不打掃清潔。」狐格森**揞**着鼻子走進了屋內。

在門外射進來的光線下，兩人看到一個人仰臥在地上，不用說，那就是河馬巡警所指的死者了。

　　狐格森在屍體旁邊蹲下來，看了看死者的皮膚，道：「**皮膚已發黑呢**。」

　　李大猩在狐格森身後沒走近屍體，看來他很怕那股酸臭味。

　　狐格森用**食指**按了按死者裸露的手臂：「但肌肉還有彈性，看來死去不太久呢。」

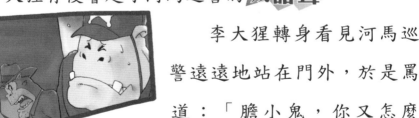

　　「兩位探員，我可以說句話嗎？」這時，李大猩背後響起了河馬巡警的**喊話聲**。

　　李大猩轉身看見河馬巡警遠遠地站在門外，於是罵道：「膽小鬼，你又怎麼了？要說話就走過來，站得老遠的亂叫，**成何體統！**」

　　「這……還是請你們過來吧。」巡警為難地

道，「站在你們那邊不好說話。」

「什麼？」李大猩被**氣炸**了，他沒想到一個**笨頭笨腦**的小巡警居然夠膽這樣對蘇格蘭場的幹探說話，正要發作時，河馬巡警又說話了：「據說……那人是死於黑死病，最好不要接近他！」

「什麼？」李大猩嚇了一跳。

狐格森好像聽不清楚，於是向李大猩問道：「他說黑什麼病？」

「黑死病！是黑死病呀！」
河馬巡警連忙提高嗓子喊道。

太過意外了，李大猩呆了一下，仍未來得及反應過來，已響起「**哇呀！**」一聲慘叫，只見狐格森連滾帶爬地衝出門口，李大猩慌忙也跟着衝了出去。

河馬巡警看着兩個驚魂未定的幹探，**傻愣愣**地說：「發現死者的人在報警前叫來了醫生，據醫生說，死者很可能是死於**黑死病**。近日國會不是正在討論黑死病的事嗎？大家都很害怕啊。」

狐格森已被嚇得臉色刷白，他猶有餘悸地說：「怪不得死者的**膚色**黑得那麼厲害，原來是黑死病，嚇死我了。」

李大猩回過神來後，揪着河馬巡警的胸口

大罵：「豈有此理，明知那人死於黑死病，怎麼不早說？你想**害死**我們嗎？」

　　「我⋯⋯我本來想告訴你們的，但還沒說完，你們⋯⋯就急着闖進去了。」河馬巡警戰戰兢兢地說。

　　李大猩聞言**捏了一把汗**，幸災樂禍似的

對狐格森道：「**哈哈哈**，幸好我怕臭，沒有走近屍體。」

狐格森本來已嚇得刷白的臉色，現在已變成死灰似的**臉無人色**了。

河馬巡警注意到狐格森表情的變化，連忙問：「你有走近屍體嗎？」

「……有……」狐格森**顫動**着嘴唇說。

河馬巡警瞪大眼睛，再問：「你沒碰過屍體吧？」

李大猩也緊張地追問：「沒碰過吧？」

「讓我想想……」狐格森用食指**撓撓**下唇，眼神在空氣中**游弋**了片刻，「好像沒有吧？」

「唔……」李大猩想了一下，語帶疑惑地問道，「你不是說過死者的**肌肉**還有彈性嗎？」

狐格森又用食指撓撓下唇，想了想道：「這麼說來……我確實好像說過，但又好像——」

「**哎呀！**」李大猩未待老搭檔說完，已迅即彈開一步，「你碰過死者的**手臂**！」

狐格森赫然醒悟，並盯着自己的食指道：「對，我記起來了，我用手指按過死者的手臂！」

「**啊！**」河馬巡警也連忙往後彈開，「你剛才還把食指放到唇邊舔了又舔！」

「什麼？」狐格森驚呼一聲，已**嘩啦嘩啦**地嘔吐起來了。

河馬巡警湊到李大猩的耳邊，壓低嗓子說：「他會不會感染了黑死病？」

　　這正好說中了李大猩心中的疑慮，但他已被突如其來的事態嚇得**心亂如麻**，也不知道該如何回答了。

科學小知識

【傳染病】

由於黑死病是傳染病的一種，在介紹這種病之前，先讓大家了解一下什麼是傳染病吧。

通過與病原體（細菌、病毒等）的宿主接觸，或經空氣、飛沫、食物、飲料、跳蚤、蝨子等由一個人（或其他動物）傳給另一個人而逐漸傳染開去的疾病，就是傳染病。如霍亂、肺結核、麻風、天花、傷寒、感冒、鼠疫（黑死病）、沙士（SARS）和H7N9禽流感等等。

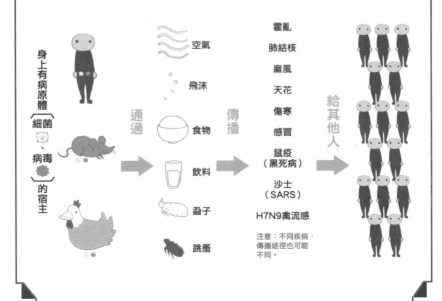

身上有病原體（細菌、病毒的宿主）

通過　　空氣　飛沫　食物　飲料　蝨子　跳蚤

傳播

霍亂　肺結核　麻風　天花　傷寒　感冒　鼠疫（黑死病）　沙士（SARS）　H7N9禽流感

注意：不同疾病，傳播途徑也可能不同。

給其他人

連續殺人魔

「你看過這則新聞嗎?」福爾摩斯盯着手上的晚報說。

「什麼新聞?」華生問。

福爾摩斯把報紙遞過去,說:「據說**香港**和**印度**已成了黑死病的**疫區**,英國的商船常常進出這兩個地方,有國會議員擔心疫症會不會通過**商船**傳來倫敦。」

華生接過報紙，看了看那則新聞後擔心地說：「黑死病可不是講玩的，在幾百年前，整個歐洲有**三分之一**的人口就死在這個病的手上啊。」

　　「就是啊。」福爾摩斯故作神秘地說，「其實，黑死病可能已傳到倫敦來了，只不過政府為免引起**恐慌**，還不敢公開罷了。」

　　「是嗎？你好像對黑死病很有**興趣**呢，連這些情報也比我這個當醫生的清楚。」

【黑死病】

　　一般稱為「鼠疫」，是急性傳染病，並分為腺鼠疫、肺鼠疫及敗血型鼠疫三種。病原體是鼠疫桿菌，老鼠感染此病後，跳蚤吸了牠的血，再跳到人的身上吸血時，就會把細菌傳到人的身上。感染後幾天之內會發病，而且死亡率很高，故人們聞之色變。另，由於患上敗血型鼠疫後，皮膚會出現血斑，死時更全身滿佈像黑痣似的瘀塊，非常恐怖，故又被稱為黑死病。

「嘿嘿嘿，我的**情報網**直達政府高層，這些事情很容易跑進我的耳朵裏。」福爾摩斯笑道，「況且，這與**死亡**有關，我一聽到就記住了。」

「嘖嘖嘖。」華生驚訝地咂了咂嘴，「原來你是對死亡感興趣。」

「當然囉，一個私家偵探對死亡不感興趣的話，又怎能偵查啊。」

「真可惜，這次就算死了人，也只是病死，與兇殺沒有關係呢。」華生故意揶揄，似乎對福爾摩斯的「**黑色嗜好**」有點不以為然。可是，他這時並沒有想到，一股由黑死病引發的危機，其實已如黑壓壓的潮水般悄然湧至，甚至威脅到福爾摩斯的**性命**！

噠噠噠噠！

樓梯突然響起一陣急促的腳步聲，兩人還未回過神來，大門已「嘭」的一聲被推開了。

走進來的不是別人，正是我們蘇格蘭場的大幹探李大猩。

「糟糕啦！糟糕啦！**狐格森被關起來了！**」他滿頭大汗，**上氣不接下氣**地說。

「什麼？」福爾摩斯和華生對李大猩的夜訪已感到意外，聽到他這麼說就更感詫異了。

「糟糕啦……糟糕啦……」看來李大猩太過驚惶也太過累了，他一屁股就倒在沙發上，一邊用**手帕**擦着汗，一邊唸唸有詞。

「究竟發生了什麼事？難道狐格森犯事

了？」華生擔心地問道。

「**不！不！不！**」李大猩拚命搖頭，「是黑死病！都是黑死病惹出來的禍！」

「**黑死病！**」華生聞言嚇得整個人從椅上彈起來，「難道黑死病真的傳到倫敦來了？狐格森也感染了？」

「**不！不！不！**」李大猩又拚命地搖頭，「他還未發病，但醫生說把他**關**起來穩當一點，萬一他真的染病了，也不會傳染給別人。」

福爾摩斯沒好氣地道：
「差點連我也給你嚇壞了，
這叫『**隔離**』，不是叫
『**關**』。黑死病是傳染性
很高的疾病，把病人隔離
是防止擴散的最佳辦法。」

李大猩哭喪着臉，眼淚和鼻涕都快要掉下來：「對，醫生說要把他 **隔離** 一個月，看看他會不會發病。如果他發病就慘了，說不定要被抓去 **人道毀滅**。」

聞言，福爾摩斯兩人幾乎從椅上摔下來。

「狐格森又不是發了瘟的 **豬**，又怎會被拿去人道毀滅，而且黑死病也不一定會死，就算發病了，也可以盡力把他治好。」華生又責罵又安慰。

李大猩用手帕大力 **擤** 了一下鼻子，仍然不

安地說：「可是他要被隔離一個月，這可會嚇死他的**媽媽**啊。」

「此話怎講？」福爾摩斯問。

「你們有所不知，狐格森雖然愛與人家吵嘴，又惹人討厭，卻是個很**孝順**的兒子，他每隔一天都會到**醫院**去探望患了**癌症**的媽媽，要是他整整一個月都不能去探望，我要瞞也瞞不住，伯母知道真相後一定會擔心死了，這可能會加重她的**病情**啊。」李大猩說着說着，幾乎要哭出來了。

華生知道，李大猩和狐格森平時雖然最愛**狗咬狗骨**，其實他們的感情是很好的，只是兩個人都死要面子又嘴硬，就不好意思表達出來罷了。現在狐格森出事了，李大猩就急得像小孩子那樣**方寸大亂**，不知如何應對，只好來找福爾摩斯幫忙了。

「那麼，我們要趕快查清楚整個事情，這才能**對症下藥**，幫助狐格森脫險。」福爾摩斯一頓，然後**一本正經**地問道，「對了，他怎會被懷疑染上黑死病的？難道他接觸過患了黑死病的病人？」

「不是病人，是死屍……」李大猩沒神沒氣

地將遇到黑死病死者的事**一五一十**相告。

「原來如此。」福爾摩斯點點頭又問，「那麼，驗屍官已確認死者是死於黑死病嗎？」

「驗屍官是**內行人**，據說他知道黑死病可能已傳入倫敦的傳聞，所以他比我還要慌張，草草驗屍後，馬上就把屍體**火化**了。」

「沒有進行**解剖檢驗**嗎？」福爾摩斯問。

「哪會做那麼麻煩的事，大家都嚇得手忙腳亂了。況且，反正人已病死，馬上火化是最好

的辦法，因為可以徹底殺死**病菌**，避免疾病擴散。」李大猩道。

福爾摩斯眉頭一皺，道：「那樣真的最好嗎？萬一死者不是死於黑死病呢？那豈非**虛驚一場**？」他似乎對警方的粗疏有點不滿。

「不！一定是黑死病！」

「為何這麼肯定？」

「昨天我們遇上第一個黑死病的死者後，隨後又在同一個**貧民窟**內，接報發現了另外兩個皮膚發黑的死者。這證明黑死病已在貧民窟內傳染開去了，否則怎會在同一天、同一個地區內有三個人這樣死去呢？」李大猩道。

華生聞言大驚，他知道，如果李大猩說的都是實話，那麼倫敦將會陷入一場傳染病的**大災難**之中。

「那兩個死者的屍體呢？你們怎樣處理？」福爾摩斯緊張地追問。

「當然是馬上**火化**啦，還用說嗎？」李大猩對大偵探的問題感到詫異。

「又是未解剖就火化了嗎？」

「是呀，其實**三具屍體**是同一時間火化的。驗屍官說，在同一個地區連續發現三具這樣的屍體，幾乎已可肯定黑死病的傳聞是真的，解剖化驗只會**耽誤時間**。」李大猩說。

華生頷首同意，並向福爾摩斯道：「我以醫生的角度來看，也認同驗屍官的做法。你不是說過嗎？黑死病已在香港和印度擴散了，而且病菌很可能通過商船帶到倫敦來，為防萬一，迅速火化是惟一的辦法。」

「從防止病菌擴散的角度看，迅速火化可能是對的。但是，從必須查明真相的角度來看，把屍體火化就等於毀滅證據，我們已無從得知三個死者是否真的死於黑死病了！」福爾摩斯有點兒動氣了，他最不高興就是被人破壞了可供破案的證據。

李大猩沒想到這一點，於是擔心地問：「那怎麼辦？」

福爾摩斯歎了口氣，道：「事到如今，只好查清楚以下三個問題，或許

可以從中找出補救的**線索**。

①三個死者的身份和他們幹什麼工作？

②三人發病之前曾在什麼地方出入？

③他們三人是否互相認識？」

「明白了！我馬上去查！」李大猩霍地站起來，連奔帶跑地衝出了門口。看來，福爾摩斯的分析為他帶來了**希望**，如果那三個死者不是死於黑死病，狐格森就不必被隔離，他患病的母親就不用為他擔心了。為了幫助老搭檔，李大猩只能拼命爭取時間**弄清真相**。

「查清楚你剛才說的**三個問題**後，真的就能知道那三個人是否死於黑死病嗎？」華生**滿腹疑惑**地問道。

「很難說，這要看調查結果而定，不過對了解那三個死亡的案子一定有幫助。」福爾摩斯說着，對他為何提出那三個問題一一作出**註解**。

①三個死者的身份和他們幹什麼工作？

這個問題很普通，其實查什麼案件也好，都必須詳細了解受害人的背景，如果他們的死與個人背景有關，循其身份和職業去查，只要順藤摸瓜就能找出線索。

背景
身份
職業

②三人發病之前曾在什麼地方出入？

　　如果真的是黑死病作惡，就必須查出病菌傳播的源頭。三人幾乎同時死去，證明染病的時間也差不多，如他們曾在同一個地方出入，那就證明他們的感染路徑相近，對找出源頭很有幫助。反之，如找不到他們共通的接觸點，就證明病菌已擴散，偵查起來會困難得多了。

③他們三人是否互相認識？

　　弄清楚這一點非常重要。如他們互相認識和近日又見過面的話，可能是其中一人把病傳染給另外兩人。但真的是這樣的話，案子也會變得很棘手，因為我們無法得知哪一人才是最初的帶菌者，要花費更多時間去找出感染源頭。

「原來如此。」華生聽完福爾摩斯的說明後佩服地道，「你比醫生還懂得調查**傳染病**死者的方法呢。」

「不，你過分誇獎我了。其實，我只是把傳染病當成一個殺人兇手，剛才所說的方法根本就和調查**連續殺人魔**的方法差不多，因為兩者之間有不少共通之處呀。」福爾摩斯狡點地一笑。

「兩者之間有不少**共通之處**？」一言驚醒夢中人，華生的腦海中馬上浮現黑死病與連續殺人魔的**共通點**。

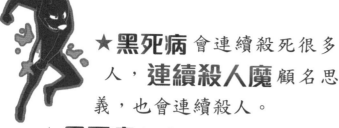

★ **黑死病** 會連續殺死很多人，**連續殺人魔** 顧名思義，也會連續殺人。

★ **黑死病** 都是以病菌殺人，感染方法大同小異。**連續殺人魔** 的殺人手法和兇器也類似，如用刀的就會一直都用**刀**，用手槍的就一直都用**手槍**。

★ **黑死病** 的受害人有類近之處，如都曾在有病菌的地方出入、抵禦這種疾病的能力較弱、直接或間接互相認識等等。**連續殺人魔** 的受害人也一樣，因為連續殺人魔喜歡挑選同一類人行兇，如喜歡殺妓女的就專挑**妓女**下手；喜歡殺黑人的就專挑**黑人**下手；喜歡殺小童的就專挑**小童**。又或，對紅色有特殊反應的兇手就專挑穿**紅色衣服**的人下手等等。

想到這裏，華生心中**豁然開朗**，他佩服地說：「那三個死者就像死在一個連續殺人魔的手上那樣，如果要揪出名為『**黑死病**』的連續殺人魔的去向，我們就必須找出上述三個問題的答案！」

「嘿嘿嘿，事情就是這麼簡單嘛。」

「那麼，我們下一步該怎辦？」華生問。

「等呀，反正現在已**夜深**了，在李大猩的調查結果出來之前，我們就只能等呀。」

「糟糕的是我明天要出門幾天，到巴黎的一家大學出席**研討會**，沒法跟進這個案子。」華生有點懊惱地說。

「有我和李大猩在，你不必擔心啊，祝你一路順風。」說完，福爾摩斯**懶洋洋**地打了個呵欠後走回臥室，睡覺去了。

第四個死者

次日黃昏，愛麗絲拿着一封 電報 忽然在門口出現，福爾摩斯一看見她就皺起眉頭問：「怎麼你又來了？」

熟悉愛麗絲的讀者都知道，我們的大偵探最怕就是這個**小丫頭**。她是房東太太親戚的女兒，每逢放假都會來小住幾天，但她每次在門口出現，都是來為房東太太**追收房租**。*

大概猜中了福爾摩斯的擔憂吧，愛麗絲面露頑皮的笑容道：「不用擔心，我不是來追收房租的。」說着，就遞上了手中的電報。

*詳情請閱《大偵探福爾摩斯⑬吸血鬼之謎》。

「電報？給我的？」

「是呀，是房東太太叫我送上來的。」

福爾摩斯連忙打開電報，他一看之下，臉上閃過一下**嚴峻**的表情，因為電報上寫着：

又發現一個死者，見字速來停泊在格陵蘭島碼頭的威爾斯號貨輪。

李大猩字

「又發現一個死者？」

福爾摩斯禁不住自言自語。

「怎麼啦？什麼死者呀？」

好管閒事的愛麗絲聞言，探過頭來想**偷看**電報的內容。

「這裏沒你的事，快下去。」福

爾摩斯慌忙把電報塞進口袋中，並**下逐客令**。

愛麗絲邊走邊不滿地**嘟囔**：「什麼嘛？問一下也不行嗎？真小器。」

趕走了愛麗絲後，福爾摩斯穿上大衣，馬上出門去了。

一個小時後，馬車來到了倫敦最大的海運碼頭——**格陵蘭島碼頭**，福爾摩斯跳下車找了一會，很容易就找到了**威爾斯號**貨輪，因為戴着口罩的河馬巡警已在船邊等候。

「福爾摩斯先生，這邊！」在河馬巡警的帶領下，福爾摩斯登上了貨輪，經過船艙內彎彎曲曲的走廊，終於來到了兇案現場的房間。

李大猩面戴口罩，手上也戴了白手套，全副『武裝』的站在房門外。

「屍體還在裏面嗎？」福爾摩斯問道。

「還在裏面，本來**驗屍官**堅持要馬上火化的，但給我制止了。不過，他只給我**30分鐘**，之後就會運走屍體火化。」李大猩說完，遞上一個口罩。

福爾摩斯戴上口罩後，就鑽進了房間。房間有一個開着的圓形窗口，帶着微腥的海風從窗口吹進，令狹小的房間也顯得通爽，並不叫人感到侷促，但天色已開始昏暗，房內並不明亮。

死者是一個中年男人，他身材矮小，躺在一張單人床上，面容就像睡着似的安詳，沒有痛苦掙扎的痕跡。

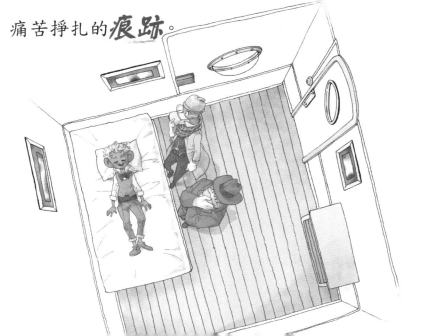

「他是這艘船的**船主**，名叫**維多・薩維奇**，已叫船長和水手們確認過了。不過，他們並不知道他為何會躺在這個沒有人住的房間裏，因為船裏有他專用的**豪華套房**。」李大猩補充。

福爾摩斯點點頭，然後小心地走近屍體，並掏出放大鏡仔細地檢查死者的皮膚，又湊到死者的面前，在死者的**雙頰**上看了又看。在放大鏡

下，福爾摩斯發現死者左頰上有四處被輕微**刮損**的痕跡。同一時間，他的眼尾瞥見了地上一些**黑點**，於是蹲下來細看。

「唔？怎會有這些東西的？」福爾摩斯呢喃。

「怎麼了？發現什麼東西了？」李大猩緊張地問。

第四個死者

福爾摩斯從地上撿起那些黑色的**碎屑**，一邊把它們包到一張白紙裏一邊說：「看來是一些**木炭**的碎屑，但要回去驗證一下才可確定。」

「木炭的碎屑？」李大猩想了一下道，「這並不稀奇啊。這艘貨輪是燒**煤炭**的，人們在鞋底上黏了些煤炭碎屑的話，很自然就會把它們帶進來了。」

「哎呀，煤炭和木炭可是不同的東西，你怎可以**混為一談**。」福爾摩斯沒好氣地道。

「哈哈哈，是嗎？」李大猩有點尷尬地撓撓頭，「那麼，會不會是死者自己在外面踏過木炭，然後把木炭的碎屑帶進來了？」

福爾摩斯走到床尾檢視了一下死者的**鞋底**，說：「沒有踏過木炭的痕

跡，不然的話，鞋底總會留下一些木炭獨有的黑污。」

忽然，福爾摩斯感到一陣寒意，這才察覺從圓形的窗口吹來一陣冷風，他打了個寒顫，卻也令他腦裏靈光一閃：「那個窗是你們來到之後才打開的嗎？」

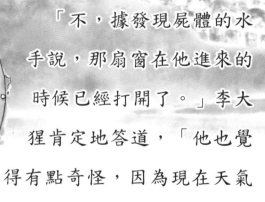

「不，據發現屍體的水手說，那扇窗在他進來的時候已經打開了。」李大猩肯定地答道，「他也覺得有點奇怪，因為現在天氣冷，一般不會打開窗戶。」

福爾摩斯看一看屍體，再看一看那扇圓窗，皺起眉頭陷入了沉思。

李大猩有點等得不耐煩了，他催促道：

「我們還是儘快離開吧。屍體要馬上處理，否則讓**病菌**傳染開去，那就麻煩了。」其實，是他自己怕得要死，想趕快離開這個叫人<u>坐立不安</u>的地方。

「且慢，死者身上的物品都檢查過了嗎？」福爾摩斯轉過頭來問。

「檢查過了，都放在我這個袋子裏，他身上只有一個**錢包**、一塊**手帕**、一個**懷錶**和一串**鑰匙**。」李大猩舉起手上的方形紙袋說。

福爾摩斯接過紙袋，掏出那些**遺物**逐一細看，但都沒有什麼特別之處，於是問：「錢包裏有錢嗎？」

「**有幾張鈔票**。」

福爾摩斯把錢包翻了一下，果然只有幾張鈔票，並沒有其他東西夾在其中。

李大猩說：「死者是死於黑死病，又不是**謀財害命**，檢查錢包也沒用啊。」

「這個我知道，錢還在錢包裏，就證明不是打劫殺人，我只是想看看有沒有其他國家的貨幣，如果有的話，死者最近可能去過**外國**。」

「我好像還沒告訴你吧？」李大猩忽然想起似的說，「據船長說死者剛從印度回來才一個多星期，病菌可能就是這艘船從**印度**帶回來的。」

第四個死者

　　福爾摩斯聞言心中慄然一驚，他知道印度正是黑死病的**疫區**。

　　「不單如此，昨天我們發現的那**三個死者**，有人看到他們幾天前都曾在這艘貨輪附近出沒。」李大猩煞有介事地補充。

　　「什麼？」福爾摩斯感到很意外，「這麼說來，他們染病的**源頭**難道就在這艘貨輪？」

　　「大概錯不了。」李大猩道。

　　「查過他們的身份了嗎？」

　　「都查過了。一個是**撿破爛的老人**；一個是**當苦力***的中年漢子；一個是**沉迷於鴉片煙的青年**。三個人都是無親無故的獨居者，但互相並不認識。」

　　「唔……」正在**揣摸**這些情報的含意時，福爾摩斯的視線不期然地回到手上的鈔票上。突

---

*「苦力」是以前對「搬運工人」的稱呼，含歧視性。由於本故事發生在19世紀末期，應該還沒有「搬運工人」的叫法，故這裏仍採用「苦力」一詞，但大家切勿亂用。

然，他像發現什麼似的睜大眼睛盯着鈔票。

「怎麼了？」李大猩感到奇怪。

「你看，這張鈔票上有**三個名字**。」福爾摩斯把鈔票遞過去。

「啊！」李大猩定睛一看，果然，鈔票上寫着三個潦草的男性名字，分別是*Culverton Smith*、

Michael Stewart 和 **Richard Bloom**，
看來都是英國人。

李大猩想了一下，說：「有些人在找不到紙時，喜歡在鈔票上**記事**，會不會是有人在鈔票上寫了字，死者在**找贖**時剛好收到這張鈔票呢？」

「不可能。」

「為何這麼肯定？」

「看這三個名字就知道。」

「什麼意思？」

「他們都是專家。」

「什麼專家？」

「倫敦首屈一指的**傳染病專家**！」福爾摩斯眼中閃過一道寒光。

「啊！」李大猩不禁大驚，他馬上明白大偵探的意思了。**死者薩維奇**死於黑死病，而他的鈔票上竟然寫着傳染病專家的名字，這絕不可能是一個**偶然**，可是，當中又隱藏着什麼**秘密**呢？

「昨天你來過後，我翻查了一下黑死病的資料，剛好在資料中看過這三位專家的名字，他們對黑死病也有研究，而且都是**大不列顛醫學院**的教授。」福爾摩斯道。

「原來如此。」李大猩恍然大悟。

「你去確認一下鈔票上的**筆跡**，看看是不是死者寫上去的。我去拜會一下那三個傳染病專家，相信就能知道他們與死者的關係了。」

李大猩當天就查到了結果，鈔票上的**三個名字**都是死者寫的，他的家人一眼就認出了筆跡。而且，據他的妻子說，他確實有個**壞習慣**，喜歡把鈔票當作臨時的**記事紙**，把重要的事情也寫到鈔票上。

福爾摩斯也拜會了那三個傳染病專家，他們異口同聲地

否認認識死者，對自己的名字顯示在死者的鈔票

上更感到莫名其妙。不過，福爾摩斯似乎已從中看出了什麼玄機。

瀕死的大偵探

五天後，華生提着行李箱回到了倫敦，他未待火車停定，已急急地跳下車，一枝箭似的衝出了火車站。他心裏只想着一句說話：「**福爾摩斯先生危殆，速回！**」

那是他昨天在巴黎收到的電文，發報人是房東太太，本來研討會還有一天才完結，但他看到電文後已如坐針氈，一買到火車票就趕回來了。

「**華生醫生，這邊！**」華生衝出車站大門時，一個聲音闖進耳中。

他連忙停下腳步，舉頭往聲音來處看去，只見愛麗絲正在向他奔過來。

「**愛麗絲**，你怎麼來了？」華生感到奇怪。

「是房東太太叫我來接車的，她要照顧**病重**的福爾摩斯先生，走不開。」愛麗絲上氣不接下氣地說。

「他發生了什麼事？怎會我離開了幾天就**危殆**？」華生焦急地問。

「我也不知道啊！福爾摩斯先生好像四天前

就**發病**了。據房東太太說，他把自己關在卧室裏，不准她進去。」

「什麼？不可能吧，他不用**吃飯**嗎？」華生不敢相信。

「就是啊！房東太太把飯放在卧室的門外，福爾摩斯先生完全沒有動過。後來，房東太太也不管他的警告，逕自走進房間，才發覺他已病得**臉無人色**，還說吃不下東西，不用再送來了。」愛麗絲哭喪着臉說。

「你們沒叫醫生嗎？」

「我們想叫呀，但是福爾摩斯先生說不准叫，直至昨天，他才說要叫的話，就叫華生醫生回來。」

華生心中**慄然一驚**，腦海中迅即閃過

「黑死病」三個字。其實，他在巴黎收到電報後，「**黑死病**」已在他的腦海中**閃現**，現在經愛麗絲這麼一說，他已幾乎可以肯定，福爾摩斯可能染上了黑死病！ 因為他離開倫敦時，福爾摩斯正在調查與這個病有關的案子。

華生心裏雖然明白福爾摩斯的用意，但仍給**氣得直跺腳**：「哎呀，他怎會這麼傻瓜，我不在的話，應該讓別的醫生診治，萬一病情**惡化**了怎麼辦啊。」

「房東太太也這樣勸他，但他就是不聽。你也知道，福爾摩斯先生是個很**固執**的人，他決定了的事情，沒有人能說服他。」愛麗絲無奈地說。

「知道了。我們馬上叫輛**馬車**回去吧！」

半個小時後，華生和愛麗絲已回到了貝格街221號B。

華生衝上樓梯時，正好碰到房東太太**憂心忡忡**地下來，她一看到華生，就如獲救似的拉

着他說：「醫生，福爾摩斯先生四天前就病倒在床，**他不肯吃東西，也沒**喝過水。」

「我聽愛麗絲說了。」華生連忙安慰，「你不用擔心，接着由我來照顧他。」

說完，他扔下房東太太和愛麗絲，**三步併作兩步**地衝上樓去。

「福爾摩斯！你怎麼了？」華生連門也不敲，就逕自闖進老搭檔的臥室中。

「啊……華生，你回來了？」福爾摩斯躺在床上，<ruby>氣若游絲</ruby>地說，「我……看來快要墮進地獄了。」

「**別胡說！**」華生本能地制止老搭檔<ruby>夢囈</ruby>似的胡謅，但同一剎那，他也不禁打了個寒顫，除了臥室裏的陰霾之氣令他內心掠過一下戰慄之外，福爾摩斯那憔悴得**不似人形**的臉容也不得不令他赫然一驚。

才五天！才五天沒見福爾摩斯，他臉上那永不枯竭的**精悍**已消失得無影無蹤！

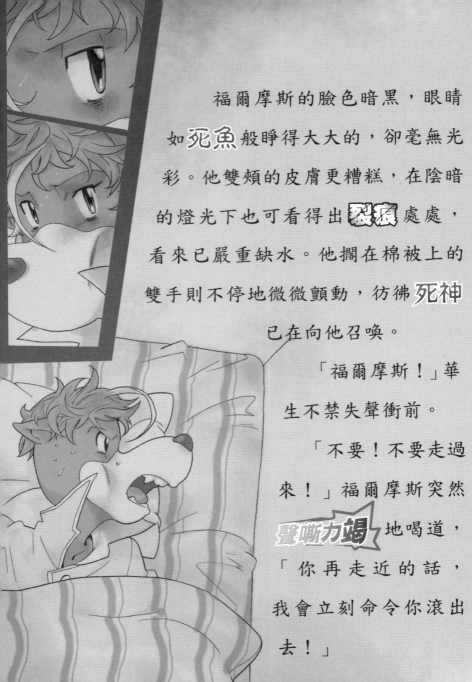

福爾摩斯的臉色暗黑，眼睛如**死魚**般睜得大大的，卻毫無光彩。他雙頰的皮膚更糟糕，在陰暗的燈光下也可看得出**裂痕**處處，看來已嚴重缺水。他擱在棉被上的雙手則不停地微微顫動，彷彿**死神**已在向他召喚。

「福爾摩斯！」華生不禁失聲衝前。

「不要！不要走過來！」福爾摩斯突然**聲嘶力竭**地喝道，「你再走近的話，我會立刻命令你滾出去！」

「為什麼？」華生給嚇得連忙退後一步。

「總之不准走近。」福爾摩斯的聲音雖然顯得氣虛血弱，但決絕的語氣則一如既往。

「但我想幫你呀。」華生好言相勸。

「你照我的吩咐去做，就等於幫了我。」

「好的，你有什麼吩咐？」

「你不會生氣吧？」福爾摩斯問。

「看到你這樣，我還怎能生氣啊。」華生沒好氣地說。

「很好，其實我是為你好。」

「為我好？為什麼？」

「黑死病，我患了黑死病，不想傳染給你。」福爾摩斯從喉頭深處用盡了氣力擠出這句說話。

華生雖然早已心中有數，但親耳聽到老搭檔這樣說，腦袋仍然感到「轟」的一下，震動了全身。

「你離開倫敦到巴黎那天，李大猩在格陵蘭島碼頭的一艘貨輪上發現了第四個死者，我去現場協助調查了，一定是在那時感

染了這個不治之症。」福爾摩斯有氣無力地補充。

華生聞言，禁不住踏前一步。

「**不要過來！**」福爾摩斯怒目圓睜，制止華生繼續前行。

「讓我看看你吧，我是醫生，我不怕黑死病。」華生辯解似的哀求。

「嘿嘿嘿……」福爾摩斯冷笑幾聲，「醫生又怎樣？醫生就不會染病嗎？不要裝勇敢了，你再踏前一步的話，我就**下逐客令**，你必須滾出去！」

「好了，好了。」華生連忙退回去，他怕福爾摩斯真的要把他逐出房門，那樣的話，他就更加幫不到這個病重的老搭檔了。

「你想救我的話，只有一個辦法。」

「什麼？」華生聞言眼前一亮，「什麼辦法？」

「我知道倫敦有三個人是黑死病的專家，據說他們都在暗中做臨床實驗，說不定已掌握了治療黑死病的方法。」福爾摩斯說。

「啊⋯⋯」華生不敢置信，他是內行人，但也從沒聽過這個傳聞。

福爾摩斯沒理會華生的驚訝，他舉起虛弱的手，指着掛在牆邊的大衣說：「我口袋中有一張**鈔票**，上面寫着那三個人的名字，你馬上去找他們，只要他們肯來為我診治，說不定會治好我的病。」

華生在那件大衣的口袋裏翻了翻，馬上就找到了那張鈔票，他定睛細看了一下，發現鈔票上果然有**三個名字**，令他驚奇的是，三個名字都似曾相識，好像在什麼地方聽過。

「他們都是大不列顛醫學院的教授。」福爾摩斯說。

「啊，難怪這三個名字好像見過，我現在想起來了，他們都是著名的**學者**，這位卡弗頓·

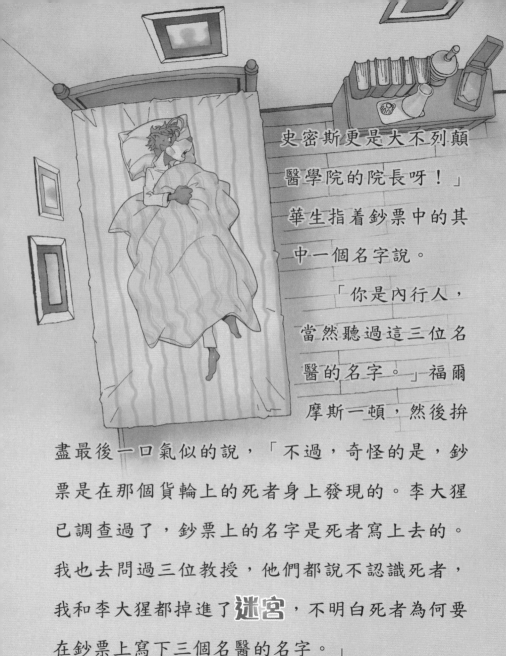

史密斯更是大不列顛醫學院的院長呀！」華生指着鈔票中的其中一個名字說。

「你是內行人，當然聽過這三位名醫的名字。」福爾摩斯一頓，然後拚盡最後一口氣似的說，「不過，奇怪的是，鈔票是在那個貨輪上的死者身上發現的。李大猩已調查過了，鈔票上的名字是死者寫上去的。我也去問過三位教授，他們都說不認識死者，我和李大猩都掉進了**迷宮**，不明白死者為何要在鈔票上寫下三個名醫的名字。」

「這個謎可以以後再猜，先把他們請來為你診治要緊。」華生說。

「好的，我知道他們今天下午有個內務會議，就在醫學院的會議室中召開，他們在會議中途的5點鐘有 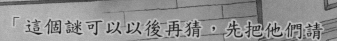15分鐘休息時間，你必須抓緊在那15分鐘時間內說服他們，不然，他們又要開會開到晚上8時了。」

「明白了，我現在馬上就去，應該趕得及在5點前找到他們。」

「嗚……」突然，福爾摩斯發出一陣痛苦的呻吟。

「你怎麼了？還頂得住吧？」華生緊張地問。

福爾摩斯閉上了眼睛，迷迷糊糊地呢喃：「**牡蠣**……牡蠣的繁殖能力這麼高，為什麼……為什麼……牠們不會 **填滿** 整個海洋呢……？」

「什麼？」華生不明所以。

「牡蠣填滿了海洋……海水為什麼不會 **溢出** 來……？」

「啊……」華生明白了，福爾摩斯已病得精神恍惚，他只是在 **胡言亂語**。

「你認識小兔子吧？你從他身上聯想到什麼？」華生試探地問。這是醫生常用的方法，可以透過對答來 **測試** 病人的神智是否清醒。

「頑皮……可惡……搗蛋鬼……」

這個答案尚算正常，小兔子確是如此。

「那麼愛麗絲呢？聯想到什麼？」

華生再問。

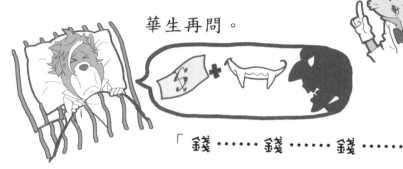

「錢⋯⋯錢⋯⋯錢⋯⋯

吸血⋯⋯妖艷的吸血女魔頭⋯⋯」

華生赫然一驚，沒想到老搭檔會把愛麗絲聯想成妖艷的吸血女魔頭！他的神智看來已非常有問題了。

為了測試得再準確一點，華生再問：「那麼華生呢？你認識他嗎？他令你聯想到什麼？」

「嘿嘿嘿⋯⋯庸醫⋯⋯裝老實⋯⋯好色鬼⋯⋯」

「什麼？我是庸醫？我是好色鬼？你竟然這樣想我嗎？」華生氣得**七孔生煙**。

「嗚⋯⋯嗚⋯⋯嗚⋯⋯救我⋯⋯救我⋯⋯」福爾摩斯呻吟。

「啊！」華生聽到這呻吟才記起，福爾摩斯只是**神智不清**地胡言亂語罷了，自己還有重要任務在身，不能把那些說話當真。

然而，華生也知道，一個人神智不清時的說話才最真。想到這點，華生非常**難過**，原來在最敬重的老搭檔心中，自己的形象竟然那麼**惡俗不堪**，實在叫人又心傷又泄氣啊⋯⋯

黑死病的**專家**

　　華生匆匆忙忙趕到了大不列顛醫學院，教授們的內務會議剛好中場小休，他找到了那三位著名的傳染病專家**卡弗頓·史密斯**、**米高·斯圖特**和**李察·布盧姆**。

　　「我叫華生，是福爾摩斯先生的朋友。」華生把三人拉到走廊一角，壓低嗓子說，「他幾天前曾為黑死病的案件找過你們，現在他自己也不幸染病了，你們可以為他**診治**一下嗎？」

道貌岸然的院長卡弗頓·史密斯斜眼盯着華生片刻，然後才悻悻然地說：「哼！那個私家偵探嗎？我才沒空去看他呢！」

「對，你知道嗎？那個叫福爾什麼的非常**無禮**，上次找上門來時，說我們的名字出現在死者的鈔票上很可疑，還說知道**有人用病菌殺人**，他很快就能找出兇手，叫我們最好協助調查。現在還好意思來叫我們幫忙？」身材肥胖的米高·斯圖特怒道。

「**啊？**」華生非常驚訝，他並不

知道福爾摩斯竟然懷疑這三個人，但他為什麼事前不告訴自己，還叫自己來找他們幫忙呢？

一直默不作聲的高個子李察·布盧姆歎了一口氣道：「黑死病是**不治之症**，就算我們去也救不了你的朋友啊。」

「不，你們都是這方面的專家，一定會想到醫治辦法的。他病了四天，已**危在旦夕**，再不搶救的話，他看來過不了這個晚上啊。」

華生抓着正想***拂袖而去***的院長，希望他回心轉意。

「哼！節哀順變吧。」院長硬邦邦地吐出一句，並用力一揮，掙脫華生的糾纏。

米高・斯圖特更用力一推，把華生推倒在地，並喝道：

「**你滾吧！他多管閒事才會染病，是活該！是自作自受！**」說完，就搖着那圓鼓鼓的屁股，怒氣沖沖地走了。

「非常抱歉，實在幫不上忙。我要回去繼續開會了。」李察・布盧姆扶起華生，**深表同情**似的搖搖頭離開了。

華生啞然，他沒想到三個傳染病專家，竟然沒有一個肯伸出援手，看來福爾摩斯幾天前來找他們時，一定是說了**重話**，得罪了他們。但這不是他平時的處事手法呀，他為什麼要那樣做呢？難道有不可告人的**隱衷**？

華生想來想去也想不出一個頭緒，只好馬上趕回貝格街。他知道，就算自己無力治好黑死病，但老搭檔臨終時也需要他陪伴在側，要是讓他孤零零地死去的話，就實在太可憐了。

馬車很快回到了貝格街，華生下車時，卻瞥見一個人影在暗處閃過，他回頭看去，那影子已消失在街角後面。

「是什麼人呢？那身影好眼熟……」華生暗忖，「有點像李大猩，難道他剛才來探福爾摩斯了？」

但華生已**無暇細想**，因為回到老搭檔的身邊要緊。他上到二樓，正想推開大門時，愛麗絲卻開門出來了，她**神色凝重**地向華生點點頭，欠身讓華生進入屋內，然後才關上門下樓去。華生明白她的心情，現在說些安慰的說話也沒什麼用，可能只會叫人更加**傷心**。

華生心情沉重地走進福爾摩斯的臥室，但仍不知道如何向老搭檔報告求助的結果。

「怎麼了……？找到了那三位專家嗎？」福爾摩斯在床上睜開眼睛，問道。

「嗯，找到了。」華生欲言又止。

「他們會來嗎？」

「……」華生**無言以對**。

「會來吧？」

「這……」

「他們拒絕？*別擔心，那三個傢伙之中，至少有一個會來的。*」福爾摩斯的聲音依然微弱，但華生聞言卻赫然一驚，他從老搭檔的話語中聽出了一些什麼。

那是什麼呢？

啊！那不是福爾摩斯的語氣中常有的、令人精神振奮的**堅定**嗎？

他怎麼突然回復清醒了？難道奇蹟

出現了？還是重病者常見的 迴光返照 ？一連
串疑問在華生心中閃現。

　　「你怎麼了？為何這麼 肯定 ？」他試探着
問。

　　「因為……殺死薩維奇的兇
手就在其中！他知道我不行了……
嘿嘿嘿……就要來取回殺人的
證據。」

「什麼？」華生聞言大吃一驚，「**兇手？殺人的證據？**究竟是怎麼一回事啊？」

就在這時，窗外傳來了一陣馬車煞停的聲音。接着，樓下又傳來愛麗絲應門的說話聲：「啊，你找福爾摩斯先生嗎？他病了。」

華生豎耳細聽，愛麗絲的說話聲又響起：「什麼？華生先生嗎？他還沒有回來。福爾摩斯先生在二樓的臥室，門沒上鎖，你自己上去找他吧。」

華生感到奇怪，剛才回來時明明在門口碰到愛麗絲，她怎麼說自己還未回來呢？

「快躲到床下面去，千萬不要張聲。那人會說出殺人**真相**。」福爾摩斯突然催促。

華生完全摸不着頭腦，但他知道老搭檔的指示必有用意，於是連忙鑽進床下，屏息靜氣地等待「**殺人兇手**」的來臨。

「嗚……嗚……嗚……」隨着上樓梯的腳步聲越來越近，福爾摩斯又再發出痛苦的《呻吟》。

門把響起「**咔嚓**」一聲，有人踏進來了。從腳步聲可以聽出，來者有點猶豫，他好像在找尋福爾摩斯的臥室。接着，緩慢的腳步聲越走越近，那人看到臥室了？

他的腳步顯得他**小心翼翼**，走到房門邊又停了，似是在門口窺視了一下室內的環境。接着，大概已肯定房中沒有其他人吧，於是**一步**、**一步**、**一步**地走過來，一直走到床邊才停下。

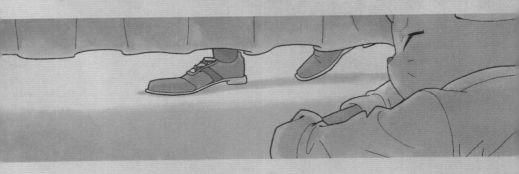

來者何人？

躲在床底下的華生，看到了那人穿着的皮鞋，但他是誰呢？道貌岸然的院長**卡弗頓·史密斯**？說話冷嘲熱諷的**米高·斯圖特**？還是稍微流露了一點同情的高個子**李察·布盧姆**？華生緊張得全身都繃緊了，他伏在地上豎起耳朵細聽，只要那人開口說話，他相信自己就能分辨出來者是誰。

一片死寂，那人停下來後，沒有發出絲毫聲響，皮鞋也沒有移動過半分。他在做什麼呢？不會掏出利刀，然後一刀**刺死**一個已垂死的病人吧？不可能，華生馬上丟掉這個愚蠢的想法，他一定是彎腰俯身，目不轉睛地看着正

在**生死邊緣**掙扎的福爾摩斯。

「嗚……嗚……嗚……」福爾摩斯的呻吟打破了叫人透不過氣來的**寂靜**。

「福爾摩斯先生，我來看你了。你聽得見嗎？」那人壓低嗓子道。

這個聲音……?……是誰？故意壓低了的嗓音令音調都改變了，華生被殺了一個**措手不及**，剎那間也無法分辨出究竟來者是誰。

「你……是誰？華生呢？他在哪裏？」福爾摩斯呢喃。

「你的朋友還未回來呢。他到處去找人幫忙，剛去**醫學院**找過我和我兩個同僚，可惜他們都不肯來，我只好在會議中途找個藉口**溜**出來了。」那人道。

華生明白，那人說在會議中溜出來，其實

是要儘快趕來，他一定擔心會議結束後，那兩個同僚要是改變主意跑來診治福爾摩斯的話，他就無法進行**單獨**會面了。換句話來說，這其實是福爾摩斯刻意為來者安排的單獨會面。這麼說來，這就是個**引蛇出洞**的圈套，但當中有何意圖？

「謝謝你……沒想到你肯來救我。」頭上響起了福爾摩斯的聲音，打斷了華生的思路。同一剎那，華生馬上意識到——**福爾摩斯已認出那人了！**但他是誰？心中的焦慮令華生變得滿頭大汗，他恨不得馬上走出去看個究竟，看清楚這個「**殺人兇手**」的真面目！

「對啊，我不計前嫌來看你了。知道嗎？這叫**以德報怨**呢。」那人道。

咦？這個調子，會不會是**米高·斯圖特**呢？

那臭胖子就是這個調子。

「乾嘥……乾嘥……」華生頭上的床板發出叫人毛骨悚然的聲響，看來福爾摩斯挪動了一下那虛弱的身體。

「你的器量……真大，也真好心。」福爾摩斯氣若游絲地說，「我知道……只有你這種優秀的專家才能幫助我。」

「沒錯，我已研究黑死病好多年了，而且比兩個同僚都要出色。我夠膽說，全英國只有我了解黑死病。」大概說得有點興奮了，那人的聲音逐漸響亮起來。

「吭吭吭。」福爾摩斯咳了幾聲，「麻煩你，可以……可以給我倒一杯開水嗎？」

「好呀，你的聲音嘶啞，喝點水會好一點，不然就沒法回答我的**問題**了。」

華生看到那人的皮鞋走開了，然後，「**咚咚咚**」的倒水聲響起。接着，那雙皮鞋又回到視界範圍之內，看來他把水端給了福爾摩斯。

「**咕嘟咕嘟**⋯⋯⋯⋯」華生聽到福爾摩斯喝水的聲音。

「小心點，你把水都倒到身上了。」那人道，「對了，你知道自己在**哪裏**感染到病菌的嗎？」

「薩維奇⋯⋯薩維奇那裏，他是我惟一接觸過的黑死病死者。」

「真的嗎？除了他之外呢。」那人仿似想提

醒什麼，「回憶一下，這幾天你**接觸**過什麼，還有什麼可以令你染上這個不治之症。我必須找出**源頭**，才能對症下藥啊。」

「嗚⋯⋯很辛苦⋯⋯我很辛苦啊，可以想想辦法給我**止痛**嗎？」

「可以呀，但你得先想一下，在發病之前發生過什麼特別的事。」那人仍然**緊咬不放**。

「沒有呀⋯⋯有嗎？除了薩維奇，我實在想不起來。」

「不！你必須想起來，否則我怎能治好你？」那人有意無意之間，已流露出**威逼**的口吻。

「沒有啊⋯⋯我想不起來啊。」

「好吧。」那人好像下定決心似的，「譬如

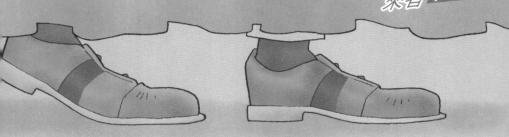

說，有沒有收過**郵包**。」

「什麼……？你說郵包嗎？」

「對，一個**盒子**之類。」

「嗚……我看不到東西了，我快死了。」

「**福爾摩斯！**你聽着，一個盒子，你有沒有收過？」那人提高嗓子問。

「盒子……？是生日禮物嗎？牡蠣是不會給我寄生日禮物的啊。」福爾摩斯有點**胡言亂語**了。

「你醒一醒，那是一個用**象牙造的盒子**，你應該在四天前收到的。你曾

經打開過盒子，對不對？」那人看來已非常焦
急了。

「啊……我想起來
了。對，我收到一個很
精緻的**象牙盒子**。但
裏面什麼也沒有，是空
的，一定是小兔子，那**搗
蛋鬼**跟我開玩笑。」

「不，你打開那盒子後，應該發現了什
麼。」

「什麼……？」

「例如**機關**之類。」

「機關？啊……對，有個機關，我打開蓋子
時，裏面的**彈簧**……」

「對了，是彈簧。然後又怎樣？」

「它……好像**刺**了我一下，手指**流血**了。是小兔子，他跟我開玩笑，想嚇我一下。」

「*呼哼哼⋯⋯哼哼哼⋯⋯⋯哼哼哼⋯⋯⋯*」

那人第一次笑了，那是一陣從喉嚨深處發出的、低沉得叫人**汗毛倒豎**的笑聲。

「你終於想起來了。那不是開玩笑，也不是想嚇一嚇你，那是你感染的**源頭**！」

「啊……為什麼？你為什麼知道我收過象牙盒子？難道……是你寄來的？」

「沒錯，如果你不是**多管閒事**，我也不會

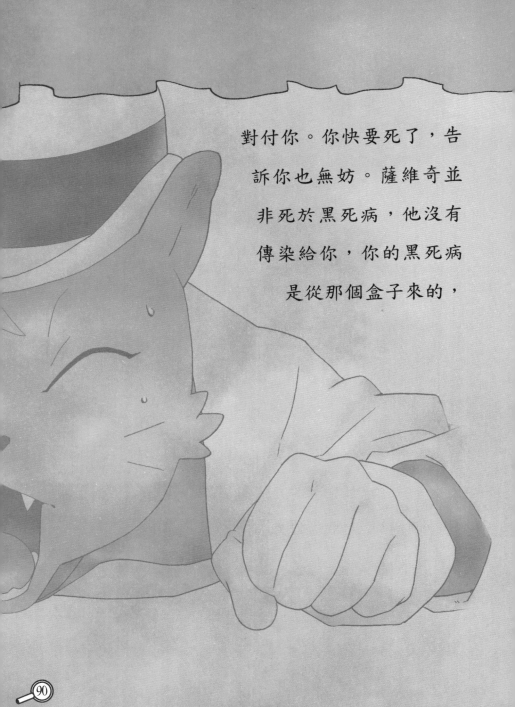

對付你。你快要死了，告訴你也無妨。薩維奇並非死於黑死病，他沒有傳染給你，你的黑死病是從那個盒子來的，

因為**彈簧的尖端塗滿了病菌！**」

「啊！」華生幾乎驚叫出來，他沒想到有這麼毒辣的人，竟會想出用病菌來殺人。

「啊……盒子……原來是那個盒子……」福爾摩斯斷斷續續地呢喃。

「對，就是那個**盒子**。告訴我，那個盒子在什麼地方。」

原來如此！華生聽到這裏，終於明白來者的目的了，他是為了取回那個殺人的盒子而來的！與此同時，一個疑念也在華生心中浮現：「剛才的對答像**放長線釣大魚**，福爾摩斯把魚絲放出去後又一點一點地收回來。很明顯，這是一個**套取供詞**的騙局，他誘使兇手親口說出那個盒子的存在。這麼說來，福爾摩

斯的病難不成也是——」

「救我……」福爾摩斯的呢喃又打斷了華生的思緒,「救我……你肯救我的話,我就把那個盒子還給你。我會忘記一切。你信我,只要治好我,我……我會保守秘密。我以信譽保證。」

「呼哼哼哼……」可怕的笑聲又響起,華生看到那雙皮鞋隨着笑聲而微微顫動。

「我知道你會保守秘密,但與你的信譽無關,你快死了,死人是不會亂說話的。」

「不……不……你是黑死病專家,只要你肯救我,你一定能辦得到。救我……求求你救我……我一定把盒子交還……信我……」

「**傻瓜！**」那人突然屬聲道，「正因為我是黑死病專家，才知道這是不治之症。我雖然花了幾年時間研製出一種**特效藥**，但幾天前的**人體實驗**證明，那些特效藥是不能治好黑死病的。別妄想了，沒有人能治好你！快把盒子交出來吧！」

人體實驗？這是什麼意思？難道那傢伙拿活人來進行實驗了？他哪裏找來**活人**？這可是玩命的實驗，有人願意當他的**白老鼠**嗎？華生感到又震驚，又疑惑。

「啊……我明白了。貧民窟那三個死者，難不成……就是你的**實驗品**……」福爾摩斯問。

「呼哼哼哼……」那人冷笑道，「你終於明白了吧？沒錯，那三個倒霉的傢伙就是我的實

驗品，在貧民窟中找這種人很容易，我只是付出三鎊的酬金，他們就**甘心情願**地當我的實驗品。」

「那三個人真蠢，竟然連命也不要。」

「呼哼哼哼，他們哪有這麼蠢，只是我精明罷了。」那人**大言不慚**地道，「我訛稱抽取血液樣本做醫學實驗，但實際上是在他們身上**注射**薩維奇從印度採集回來的**病菌**，然後再注射我研製的特效藥，看看有沒有效用。結果，三個實驗品全都**報廢**了，很可惜啊，枉我花了幾年寶貴的研發時間。」

喪心病狂！簡直就是喪心病狂！他們是活人，不是什麼實驗品啊！一個活生生的人死了，竟然說是「**報廢**」了，這人還有人性的

嗎？他還配當一個**學者**嗎？華生心中感到一陣

難以壓抑的**震怒**，但他也馬上察覺到那個聲

音⋯⋯那不是院長史密斯⋯⋯也不是胖子

斯圖特，是高個子！**是那個謙**

謙有禮的高個子布盧姆的

聲音！

兇手現形

　　「就是這樣，你清楚了吧？實驗品**報廢**了，證明我的藥~~無效~~，我手上並沒有特效藥。」布盧姆冷冷地道。

　　「原來沒有特效藥……啊……我死定了……那個盒子……你一定是用同一手法殺死薩維奇，你想**殺人滅口**。」福爾摩斯迷迷糊糊地道。

「呼哼哼哼⋯⋯你這個大偵探也真虛有其名，竟然看不出那傢伙的死因。他本來不用死的。但他太貪心了，收過我向他購買細菌的錢後，還跑來勒索我！太過分了！」布盧姆怒道。

「嗚⋯⋯好辛苦啊⋯⋯救我。」福爾摩斯痛苦地呻吟。

布盧姆以為福爾摩斯撐不住了，焦急地說：「只要你把盒子交出來，我就給你止痛藥，讓你舒舒服服地死去。」

「嘿嘿嘿⋯⋯哈哈哈⋯⋯哇哈哈哈！」福爾摩斯突然大笑起來。

布盧姆被這突如其來的笑聲嚇得呆住了。

福爾摩斯一個翻身從床上坐起來，冷冷地道：「止痛藥省下來給自己用吧，在獄中等候

執行**死刑**時，會痛不欲生啊。」

「什麼？」布盧姆陷入慌亂之中。

「不用你說我也知道，薩維奇是**一氧化碳中毒**而死的！」說時遲那時快，福爾摩斯已霍地站起來。

他眼中閃出一道寒光，指着布盧姆屬聲
道：「**而兇手就是你！**」

　　「啊……原來你設局來騙我。」布盧姆被嚇
得臉色刷白，那對驚恐又狡猾的眼珠子**游移不
定**。忽然，他好像想通了什麼，馬
上回復鎮靜說：「哼哼哼……我剛
才的說話只是跟你開玩笑，其
實全是**亂吹**的啊。」

　　「嘿嘿嘿，還想狡辯嗎？」

　　「哼，有**證據**指控我嗎？」

　　「嘿嘿嘿，這個盒子呀，你

不是要回收這個盒子嗎？這就是你企圖殺我的證據呀。」福爾摩斯從懷裏掏出一個**象牙盒子**，高高地舉起。

「豈有此理！」布盧姆兩眼發紅，發狂似的撲向福爾摩斯。

「**哎呀！**」福爾摩斯慘叫一聲，一向身手敏捷的他竟閃避不及，

硬生生地給高個子**撞倒**了。同一剎那，象牙盒子從他的手上飛脫，正好滾到華生的眼前。

布盧姆**撲**向盒子要搶，但華生猛地**踹出一腳**，不偏不倚地踢中他的面門。

「哇呀！」一聲慘叫響起，他已被踢個**人仰馬翻**，摔到福爾摩斯的

身旁。大偵探見機不可失，馬上用雙腿夾住布盧姆的雙腋，又用雙手抓着其下顎，令他**動彈不得**。沒想到我們堂堂的大偵探，竟然會使出這麼難看的**招式**，華生看得呆了眼。

「還發什麼呆？快叫李大猩，我支持不住

了！」福爾摩斯大叫。

被這麼一下**吆喝**，華生才猛然驚醒，連忙從床底下鑽出來，並放聲大叫：「**李大猩！快來呀！**」一剎那之間，華生已記起，剛才在街角一閃即逝的正是李大猩。毫無疑問，福爾摩斯早已和他約好在樓下伺機而動。

但華生的叫聲未落，「**嘭**」的一聲響起，李大猩已闖進臥室來。他**二話不說**，就往布盧姆的下腹狠狠地踹上一腳。劇痛令那惡人反抗力全失，只能乖乖地被銬上手銬，束手就擒。

李大猩得意地說：「這傢伙就是**殺人兇手**吧？我看到他上樓，於是悄悄地跟上來了。」

福爾摩斯腳步浮浮地回到床邊坐下，說：「想不到四天不吃飯真的不行，竟然給這**畜生**撞倒了。沒錯，兇手就是這畜生，他已**自動招認**了，象牙盒子就是他寄給我的。不過，他

沒想到我拆郵包時都非常小心，早就看穿了裏面的**機關**。」

華生也嚷道：「貧民窟那三個死者也是他殺的，他把黑死病的細菌注射在他們身上。他是一個冷血的殺人兇手！」

「不！那不算殺人！那是醫學實驗，如果實驗成功，就能找到醫治黑死病的方法，那會造福千千萬萬的病人。」布盧姆強詞奪理地垂死掙扎。

華生聽着聽着已氣得漲紅了臉，並破口大罵：「別胡扯！把活人拿來做致命的人體實驗，和蓄意殺人有什麼分別？身為醫生，你怎可以這樣踐踏生命！」

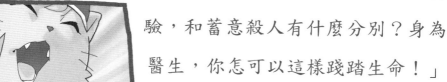

「踐踏什麼生命？他們只是在貧民窟中的**螻蟻**，活着對社會也沒有貢獻！況且，我調查過的，他們沒有親人，也沒有朋友，就算死掉也不會有人為他們傷心流淚。所以，用他們來做**人體實驗**是最佳的選擇。我為他們做實驗，是賜給他們一個**造福人群**的機會，可以讓他們犧牲小我，完成大我，為他們那**一文不值**的性命找到意義！」布盧姆說得慷慨激昂，甚至有點**大義凜然**的氣味了。

啪！一記清脆的**耳光**打在布盧姆的面上。

李大猩怒目圓瞪：「不要給我**放屁**！要放屁的話，到法庭上去放吧！」說完，就連推帶扯地押着布盧姆回警局去了。

冷血的 惡魔

「李大猩的那記耳兆打得真好。」華生待他
們走後說。

「對，打得真好。」福爾摩斯軟攤攤地坐
在床上，有氣無力地應道。

「你不是裝病嗎？怎會真的大病一場似
的？」華生擔心地問。

「哎呀，四天不吃東西又滴
水不沾，還用裝嗎？
我是真病啊。不過不
是黑死病，而是
虛脫病。」
福爾摩斯

沒好氣地說。

華生不滿地道：「你也是的，怎麼事先不說明一下，害得我擔心死了。」

「怎可事先說明，我不吃東西又不喝水，為的就是**騙你**、**騙房東太太**、**騙愛麗絲**，當然，最後是為了**騙倒布盧姆**。」福爾摩斯解釋，「你知道，你們都是老實人，如果我透露實情，你們又怎會**假戲真做**，把那個喪心病狂的殺人兇手騙來？」

華生想了想，覺得老搭檔的說話有**矛盾**：「愛麗絲也受騙了嗎？不可能吧？她剛才明明看到我上樓，

對布盧姆卻說我還未回來，那不是擺明與你一早說好的嗎？」

「**哈哈哈**，給你發現了。」福爾摩斯笑

道，「對，我們是說好的。不過，那是你去了醫學院之後，我才向愛麗絲說出實情和叫她演**一場好戲**的。你知道，那小丫頭**膽色過人**又懂得裝傻扮懵，不會出亂子。」

「豈有此理，你這麼說，不就是把我看扁，怕我比愛麗絲還容易**出亂子**嗎？」華生不服氣。

「你說不是嗎？」福爾摩斯反問得理所當然。

華生**氣結**，他知道再爭論下去也沒結果，於是問：「你怎樣知道布盧姆是兇手的？」這是他躲在床下底時，想來想去也想不通的問題。

「我並不知道他是兇手。」

「真的嗎？」

「真的。」福爾摩斯點點頭，「不過，我看到薩維奇身上的那張**鈔票**時，知道殺人兇手就在那三個名字之中。」

Culverton Smith
Michael Stewart
Richard Bloom

「為什麼？」

「兇案現場的地上有一些**木炭**的碎粒，加上薩維奇的皮膚呈**鮮紅色**，那是**一氧化碳中毒**的特有徵狀。」

「啊！」華生是醫生，當然知道這些徵狀。

「此外，我在薩維奇的左頰上發現四處被輕

微**刮損**的痕跡，我猜測那是兇手用滲了**歌羅芳**的手帕搗在他臉上時造成的，因為那些刮痕看來跟**指甲**刮下去的位置相符。」

「原來如此。」

「我估計薩維奇昏倒後，兇手把他抬到床上，再在那個狹小的房間內**燒炭**，令他吸入過量的**一氧化碳**而死。接着，兇手搬走木炭，卻不小心遺下一些碎粒。另外，現場不應該打開的**窗**卻被打開了，那是兇手為了讓一氧化碳散去，免得留下痕跡而故意打開的。」

「但驗屍官也實在太無能了，怎會連一氧化碳中毒和黑死病也搞錯呢？」華生不滿地

說。

「**先入為主嘛。**」福爾摩斯道，「驗屍官和李大猩一樣，知道有三個曾在同一艘貨輪出入的人已死於黑死病，加上現場比較黑，鮮紅的膚色看起來也像**黑色**，結果作出了**誤判**。」

「我明白了。」華生說，「於是，你就去醫學院找布盧姆他們三人。你究竟說了什麼，能誘使布盧姆向你動**殺機**，把那個盒子寄給你？」

「嘿嘿嘿，我只是一口咬定薩維奇的死與他們有關，又用**髒話辱罵**他們，又暗示可以用錢收買我。不是兇手的話，當然不會理會我，最多只會討厭我的無禮。是兇手的話，就會想辦法叫我收口。」

「然後，你收到了那個**死亡之盒**？」華生問。

「沒錯，我叫李大猩拿去化驗，結果驗出了彈簧的尖端塗滿了**細菌**。」福爾摩斯狡黠地一笑，「我將計就計，假扮染病，再利用你把兇手誘來了。他來到之後，我才發現原來是布盧姆。」

「你也真狡猾啊。」華生苦笑，然後再問，「對了，那三個貧民窟的死者，怎會在那艘貨輪出入呢？」

「這還用問嗎？」福爾摩斯分析，「這種**人體實驗**不可能獲得醫學院的許可，但在自己的地方做又怕被人**撞破**。於是，布盧姆想到了薩維奇的貨輪，就算將來出事，警方也只會懷疑三個死者是感染了貨輪上的病菌而死，真相

不容易被查出來。」

「可是，結果還是給你查出來呀。」

「嘿嘿嘿。」福爾摩斯狡黠地一笑，「如果薩維奇沒向布盧姆勒索，兩人沒有因財失義的話，他就不會被殺，他沒死，警方就無法查出那三個死者曾在那艘貨輪附近出沒。當然，更不可能在薩維奇身上找到那張鈔票，讓我可以鎖定三個嫌疑犯，跑去把兇手引出來。」

「有道理，不過我仍不明白，薩維奇為什麼在鈔票上寫上那三個名字呢？」

「真正的原因只有死去的薩維奇才知道了。」福爾摩斯一頓，「不過，我的推論也不會錯到哪裏去。」

「什麼推論？」

「我在薩維奇的家中找到一本醫學雜誌，

當中有一篇談及黑死病的**文章**，還刊載了那三位教授的訪問，而他們的名字下都劃了<u>一條橫線</u>。可以想像得到，薩維奇看到了三個人的名字，隨手就抄在一張鈔票上了。」

「為什麼？」

「因為這三個人都可能是他的**買家**。」

「買家？」

「對，他從文章得知，三位黑死病專家都慨歎沒有**黑死病病菌**，令研究無法繼續進行。因為，實驗室原有的病菌於一年前已被政府下令銷毀了。」

華生恍然大悟：「哦，我明白了。於是，薩維奇就從印度**採集**病菌回來，然後向三人推銷。」

「對，我估計他首先找到了**布盧姆**，而布盧姆出**高價**獨家購買，薩維奇也樂得省事，沒有再去找史密斯和斯圖特。不過，貪心的薩維奇知道實驗害死了三個人，馬上藉此向布盧姆勒索。但布盧姆也**不是省油的燈**，把心一橫連他也殺了。」

「這裏有一點不明白，布盧姆為什麼不用病菌殺人，而改用**一氧化碳**呢？他不怕露出破綻嗎？」華生問。

「原因很簡單，黑死病由感染至**發病**大約需要幾天時間，如果薩維奇知道自己染了病，會坐着等死嗎？」

「他肯定馬上走去**報警**，或者向布盧姆**尋仇**。」

「就是嘛，所以布盧姆必須使用馬上就能生

效的殺人方法。結果，他想到了**一氧化碳**，因為它無色、無味、無臭，在身體表面也不會造成任何傷痕。於是，他相約薩維奇在貨輪的一間房間內付**勒索金**，然後趁機將其殺死，這樣的話，人們就會以為又有一個人死在印度來的黑死病的手裏了。」

「真是一個 *天衣*無縫* 的殺人方法呢。不過，想起來也真諷刺，他研究特效藥是為了救人，可是還未救人已先奪去四條性命，值得嗎？」

「華生，你**天性善良**才會這樣想。」福爾摩斯臉色一沉，「以布盧姆如此冷血的行為來看，他研發特效藥不是為了救人，只是為了**一己的私利**！」

「一己的私利？」

「不是嗎？」福爾摩斯眼中閃過一道嚴峻的

寒光，「他一旦研究成功，不但可以**揚名天下**，還可以**出售藥方**賺大錢。那些買家，可以是惟利是圖的**藥廠**，也可以是**M博士**這類野心家。因為，他可以製造特效藥，也可以培植病菌製造**生化武器**。」

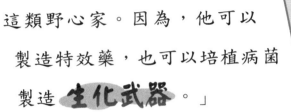

華生慨歎：「開始時還以為黑死病是連續殺人魔，想不到黑死病只是殺人的工具，原來背後還真的有一個連續殺人魔。」

「不，一般的連續殺人魔都是**非理性**和**難以自制**的，但布盧姆這種人很清楚知道自己在做什麼，他是一個受過**高深教育**的學者，所以，他比起那些

精神失常的連續殺人魔更可惡、更令人髮指！他其實是一個魔鬼、一個蔑視生命的魔鬼！」

「幸好能把這個魔鬼繩之於法，令他無法再遺害人間。」華生說到這裏，想起一個不吐不快的問題，「對了，你記得自己在**神智不清**時說了些什麼嗎？」

「記得呀，我說你是個**庸醫**，也是個**好色鬼**。」

「枉我當你是好朋友，你這個說法是否太過分了？」

「哈哈哈哈，你真小器啊，竟然把這事放在心上。」福爾摩斯笑道，「我那樣說，只是想令你相信我已**病入膏肓**罷了，你怎可當真？」

「原來如此。」華生放下心頭大石。

「不過……」福爾摩斯狡黠地一笑，「當中

也可能有幾分是真的呢。」

「**什麼？**」華生氣得滿面通紅。

「**哈哈哈哈……**」看到華生這個樣子，福爾摩斯笑得更開懷了。

哎呀，我們差點忘了**狐格森**呢？他後來怎麼了？

原來，一個月後，狐格森出院了。幸運地，他並沒有發病，那只是**虛驚一場**。不過，

他整整一個月無法探望患病的母親，卻令他擔心死了。

一離開隔離室，他馬上趕去**探望**母親。然而，令人驚訝的是，狐媽媽竟比之前更精神

和更開朗了，還對他說：「森仔，你知道嗎？**每一天都有人來探我，我一點也不悶啊。**」

「是嗎？是什麼人來探你了？」狐格森感到**不可思議**。

「一個叫福……什麼的，我叫他**福仔**。一個叫華……什麼的，我叫他做**華仔**。還有一個……叫什麼來着？人老了，連人家的名字都記不牢了。呀，對了！他常常咬着一根**香蕉**，挺詼諧挺好玩的，常常逗得我**嘻哈大笑**。他叫什麼來着……？」狐媽媽歪着脖子，就是想不起來。

狐格森聽到這裏，馬上轉過頭去，他不想讓媽媽看到自己**生氣**的樣子，他顫動着嘴唇自

言自語：「那三個**可惡的傢伙**……可惡的傢伙，竟然如此多管閒事，把媽媽照顧得比我還要好，**氣死我了！**」

狐媽媽湊到他面前，問：「**咦？你怎麼哭啦？** 我沒事呀，你的朋友對我都很好呀，你不用哭呀。」

狐格森聞言，才赫然感到自己雙頰已流下了兩行**熱淚**。他知

道，眼淚出賣了自己，他其實 太感動 了，他

沒想到自己沒法照顧媽媽時，福爾摩斯、華生和那個平時常與他鬥氣的李大猩，竟每天都來看媽媽，讓媽媽可以在病榻上 開開心心 地度過每一天。有這樣的朋友，實在是 太幸福 了。

　　不過，他嘴裏仍在呢喃：「三個 可惡 的傢伙，三個 多管閒事 的傢伙，你們太可惡了，我是不會放過你們的！嗚……嗚……」

科學小知識

【一氧化碳中毒】

　　一氧化碳的化學式為CO，是無色無味的氣體，比空氣輕，但毒性甚猛。人吸入後，它會與血液中的血紅蛋白（Hb）結合，變成碳氧血紅蛋白（$COHb$），使血紅蛋白失去携帶氧氣的能力，令人體組織缺氧。

血紅蛋白（Hb）
一氧化碳（CO）
氧（O）

　　當血液中的$COHb$佔Hb整體10%時，人就會產生頭痛；佔20%時，會產生情緒不穩及誤認；佔50%時，會昏倒；佔70%時，就會死亡。由於$COHb$是粉紅色的，故死者的皮膚會呈鮮紅色。

　　最常見的中毒意外，是用暖爐、煮食爐或暖水爐時把門窗緊閉，在室內引起不完全燃燒（氧氣不足下燃燒）而產生大量一氧化碳，令人吸入死亡。所以，使用的爐具如需要燃燒室內的氧氣，必須打開門窗。

福爾摩斯科學小魔術

🪙 不會掉下的硬幣

這次破案的關鍵是一張鈔票呢。

其實在鈔票上寫字是不對的，但用來玩魔術就沒問題了。

1

預備一張新的紙幣和一個硬幣。

2

把鈔票折成直角，然後在折角位置放上硬幣。

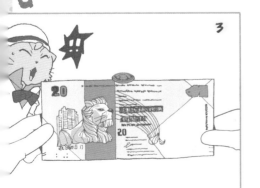

3

然後輕輕地把鈔票拉直。看，硬幣居然沒掉下來呢。

科學解謎 在一張筆直的鈔票邊緣上，是很難把一枚硬幣放得穩當的。但為什麼用上述方法，硬幣卻沒掉下來呢？表面上，鈔票雖然被拉直了，其實仍有一個細微的「角」，這個「角」足可承托着硬幣，不讓它掉下來。不過，更重要的是，當我們把鈔票拉直時，硬幣表面與鈔票的邊緣產生摩擦，令硬幣不斷一邊移動，一邊取得重心，所以就沒有掉下來了。

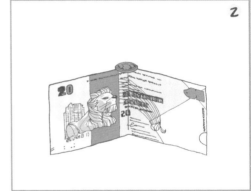

大偵探福爾摩斯
瀕死的大偵探 ⑲

原著 / 柯南·道爾
（本書根據柯南·道爾之《The Dying Detective》改編而成。）

改編&監製 / 厲河　　　　繪畫&構圖編排 / 余遠鍠

封面設計 / 陳沃龍　　　內文設計 / 麥國龍　　　編輯 / 盧冠麟、陳仲緯

出版
匯識教育有限公司
香港柴灣祥利街9號祥利工業大廈2樓A室

承印
天虹印刷有限公司
香港九龍新蒲崗大有街26-28號3-4樓

發行
同德書報有限公司
九龍官塘大業街34號楊耀松（第五）工業大廈地下
電話：(852)3551 3388　　傳真：(852)3551 3300

第一次印刷發行　　　　　　　　　　　　　　　　2013年7月
第十三次印刷發行　　　　　　　　　　　　　　　2021年10月
Text：©Lui Hok Cheung　　　　　　　　　　　　翻印必究
©2013 Rightman Publishing Ltd. All rights reserved.

想看《大偵探福爾摩斯》的
最新消息或發表你的意見，
請登入以下facebook專頁網址。
www.facebook.com/great.holmes

ISBN:978-988-77860-4-7
港幣定價 HK$60
台幣定價 NT$300

若發現本書缺頁或破損，
請致電25158787與本社聯絡。

網上選購方便快捷　　購滿$100郵費全免
詳情請登網址 www.rightman.net